Título original: *Penguin*
Publicado por acuerdo con Walker Books Ltd, Londres.

© Polly Dunbar, 2007
© de la traducción, Belén Cabal, 2008

© de esta edición, RBA Libros, S.A., 2008
Santa Perpètua, 12-14. 08012 Barcelona
www.rbalibros.com / rba-libros@rba.es

Primera edición: 2008

Realización editorial: Bonalletra Alcompas, S.L.
Diagramación: Editor Service, S.L.

Referencia: SLHE074
ISBN: 978-84-7901-859-7

Pingüino

Polly Dunbar

para Lucas

SerreS

Lucas abrió su regalo.

Dentro había un pingüino.

«¡Hola, Pingüino!», dijo Lucas.

«¿A qué jugamos?», preguntó Lucas.

Pingüino no dijo nada.

«¿No sabes hablar?», dijo Lucas.

Pingüino no dijo nada.

Lucas hizo cosquillas a **Pingüino**.

Pingüino no se reía.

Lucas puso caras graciosas

para **Pingüino**.

Pingüino no se reía.

Lucas se puso

un divertido sombrero

y cantó una canción tonta

y bailó dando vueltas.

Pingüino no dijo nada.

«¿Hablarás conmigo si me pongo así?»,
dijo Lucas.

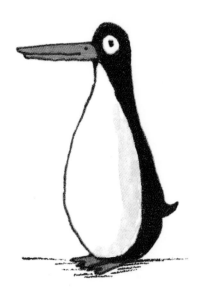

Pingüino no dijo ni una sola palabra.

Así que Lucas empujó a Pingüino

y le sacó la lengua.

Pingüino no dijo nada.

Lucas se burló de Pingüino

y se puso a imitarle.

Pingüino no dijo nada.

Lucas ignoró a Pingüino.

Pingüino ignoró a Lucas.

Entonces Lucas lanzó a **Pingüino** hacia el espacio exterior y Pingüino regresó a la Tierra sin decir una sola palabra.

Lucas intentó que
un león que pasaba
se comiera a
Pingüino.

Pingüino no dijo nada.

León no quiso comerse a Pingüino.

Lucas se enfadó.

Pingüino no dijo nada.

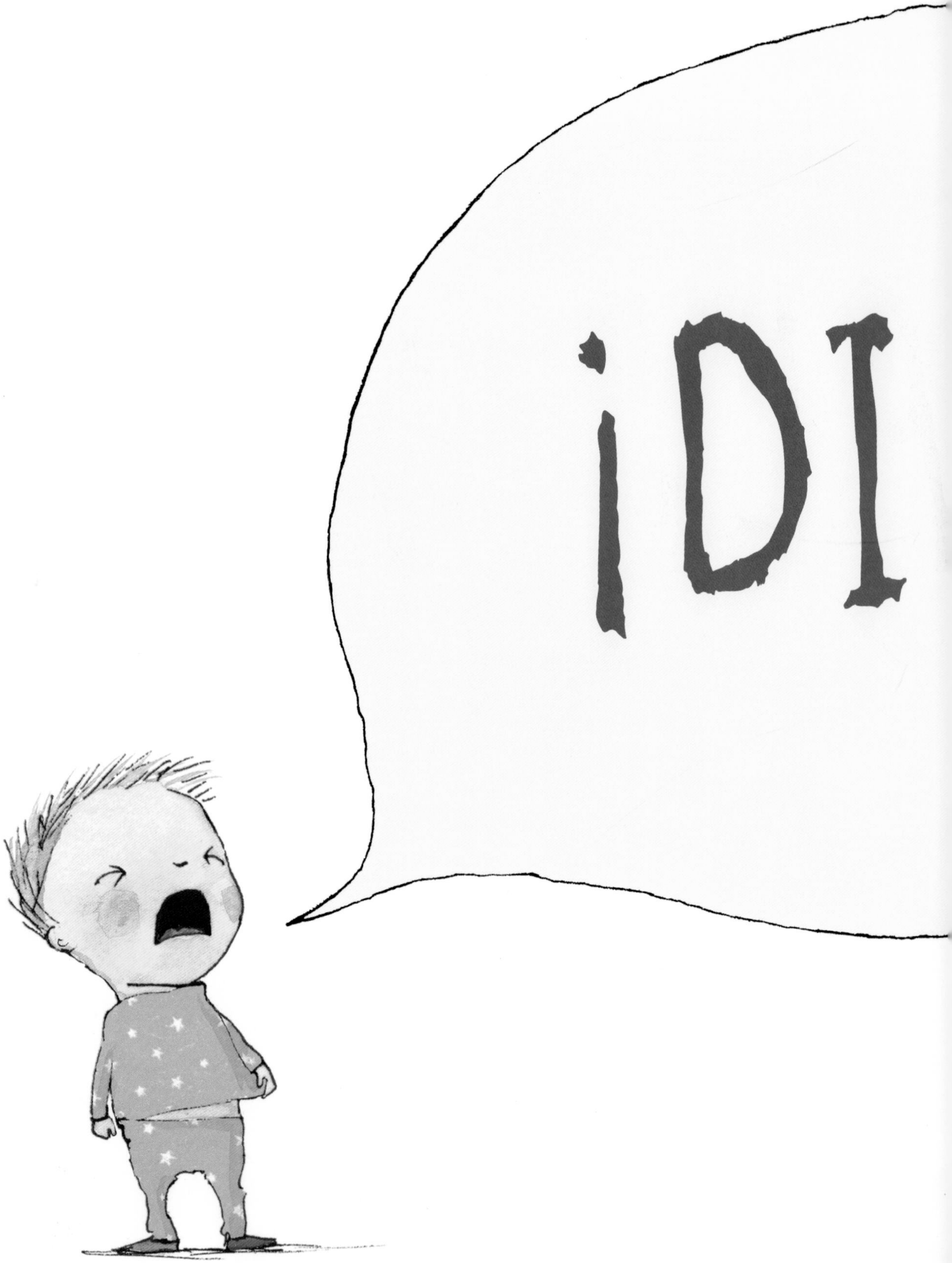
¡DI

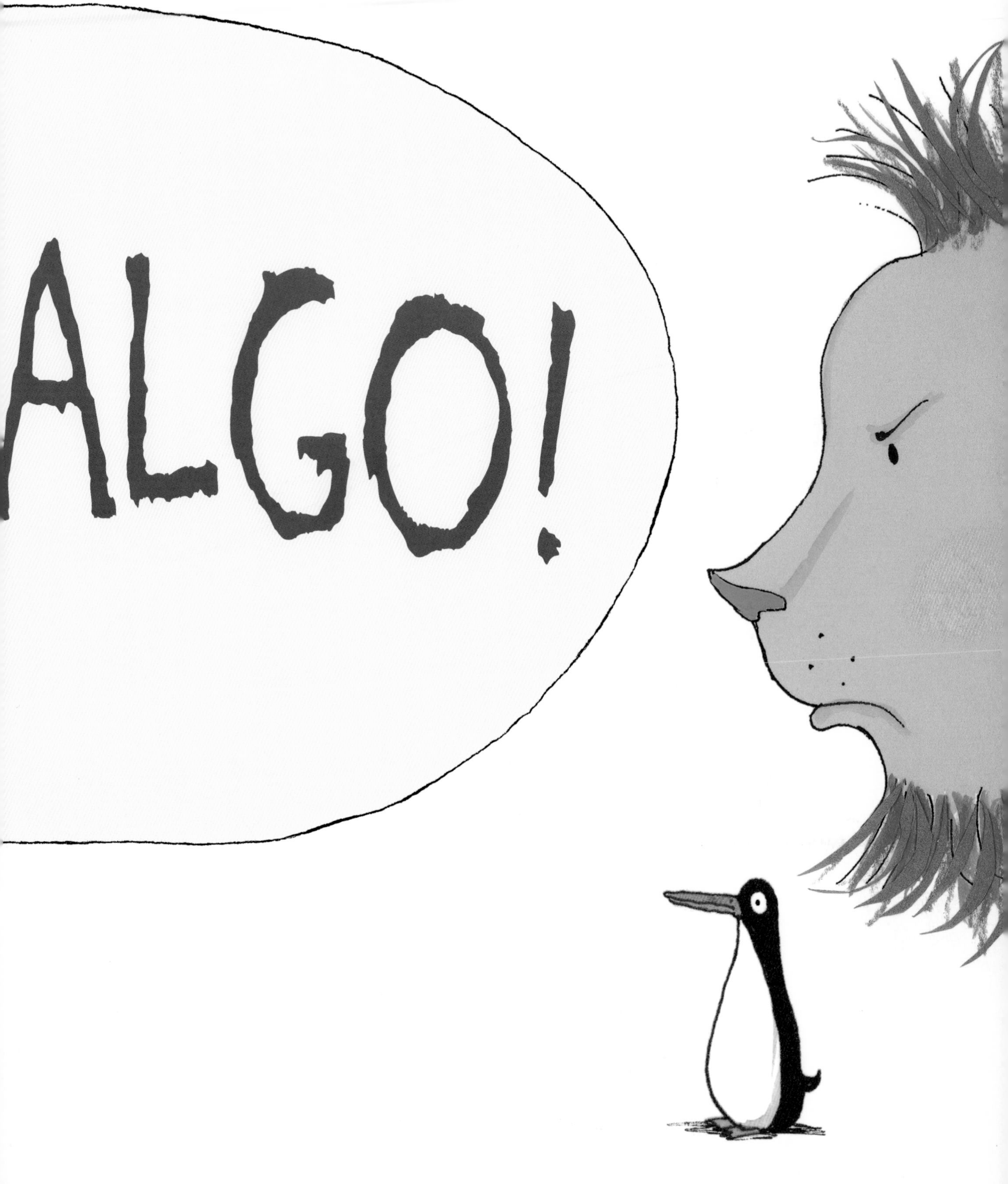
ALGO!

León se comió a Luca.

...por hacer tanto ruido.

Pingüino dio
un picotazo a
León en la nariz.

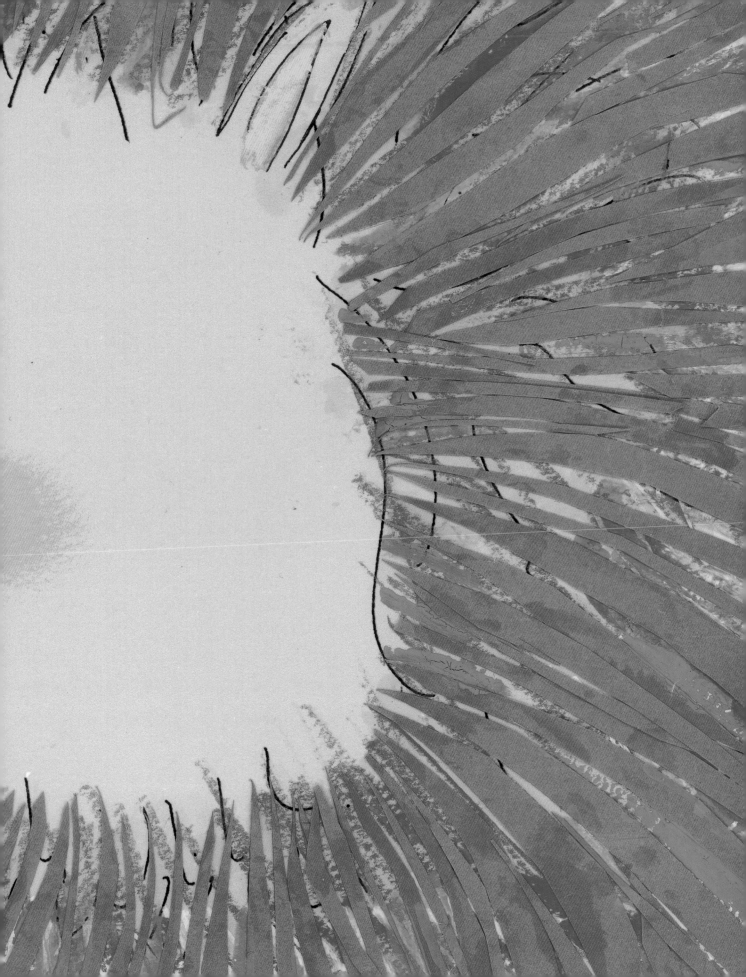

¡Ay!

dijo León.

¡Guau!

dijo Lucas.

Y Pingüino dijo...

¡todo!